AF321428

LES DANSES D'ÉTÉ

Dans le Bourg de MENS (Isère)

Puisqu'il faut qu'on commence
C'est bien,
C'est bien,
A vous la préférence
De mes
Serments.
Je vais ouvrir la danse
D'un pas
Galant,
Et faire contredanse
De mots
Charmants.

Dans la jolie commune
De Mens,
De Mens,
L'on y fait la fortune
D'hymens,
D'hymens,
Qui viennent à la fête
Chanter,
Danser,
Et faire la conquête
D'un doux
Baiser.

39861

D'une jolie rosière
Je crois
Ma foi,
De la faire princière
De par
Mon roi.
Pour aller à la noce
D'un bon
Festin,
Chez un ami précoce
Du cœur
Humain.

Pour son repas de noces
L'on sert
Deux plats.
L'un de crême à la rose,
Pour toi,
Pour moi.
L'autre de pain d'épice,
Pour qui,
Pour quoi.
Est-ce pour la nourrice,
Tais toi,
Tais toi.

L'on va fermer la danse,
Adieu
Plaisirs,
Je garde souvenance
Dans les
Soupirs,
De ma jolie rosière
Dont les

Loisirs,
Sont d'être bonne mère
Pour me
Chérir.

Rentré dans la famille
De deux
C'est trois,
Qu'entraîne la pupille
De part
Mon roi.
D'avoir fait la conquête
D'un doux
Baiser.
M'a conduit à la fête
D'être
Fiancé.

Orgueil, plaisirs, toilette
Sont grands
Dans Mens.
Tous les jours c'est la fête
Des gants
Jouvin.
Qu'on pique à la légère
D'un point
Certain,
Pour faire bonne enchère
De cœurs
Humains.

Pour faire bon ménage
Il faut,
Je crois,

De l'or et femme sage
         Dans son
         Emploi.
Mari sans controverse
         Dans son
         Babil,
Le fils, la fille et l'herse
         Tous trois
         Gentils.

                    J.-P. CARRAJAT.

Au Thau-snr-Mens (Isère), 1er Juin 1871.

LA

BOURGEOISIE DE MENS EN 1830

ET CELLE DE 1871

La bourgeoisie de Mens, de mil huit cent trente,
Comparée de nos jours, produit de quarante ans,
Offre ce différent que les gens grosses rentes,
Était de l'ancien temps — moins monsieur qu'à présent.

C'était de bons bourgeois, s'aimant les uns les autres,
Ne se voyant jamais que pour de bons plaisirs.
Pour eux la convoitise à ce nombre d'apôtres,
Était de se chercher pour passer leurs loisirs.

Le culte protestant — l'église catholique,
N'avaient qu'une grandeur dans le cœur de ces gens.
Jamais d'aucun côté la pique évangelique,
Fermait sa porte à l'autre en se montrant les dents.

C'était gentil de voir avec quelle manière,
Ils formaient leur partie le jour du samedi.
L'on venait de tous lieux s'adjoindre à la prière,
Pour dîner chez Teysou, manger le bon rôti.

« Je vais tracer ici, le front de leur mémoire,
« Qui fut pour mon jeune âge un départ de bonheur.
« Quand je servais la boule aux aires la victoire,
« De celui qui gagnait me payait mon labeur. »

Demanin chapeau rond — Ponsard chapeau tricorne,
Delarue *mille têtieu* — Mongino, gros lurons,
Formaient quatre joueurs bien différents de forme,
Pour manier la boule et faire des jurons.

Un Malvesin huissier — un Astier d'Amillière,
Étaient les gros-major de la contre-partie.
Mailleffaud de Milmaze à langue familière,
Prenait pour son tireur Duperier fort gentil.

De la partie de huit, on la portait à douze,
Delachaux s'en mêlait — Massot disait que non.
Capitaine Luya, percepteur bonne bouche,
Allait trouver Michel pour faire un compte rond.

La partie commencée — la suite était gentille,
Bons mots de tous côtés, point de sévérité.
Sur le joueur habile, oh ! s'il perdait sa quille,
Disait, sabre de bois sur l'adversité.

Puis la partie gagnante indulgente et traitable
Disait : Faisons revanche et le jeu commencait.
A sentir le fricot qu'une fort bonne table,
Gonflait tous ces gaillards qui sortant s'embrassaient.

Les joueurs attablés — je passe à la noblesse,
Des chevaliers Delys, Payen, Mensac, Tanon.
Mademoiselle Blanche aimable de tendresse,
Captivait tous les cœurs, quand on disait son nom.

Venaient les Pellissier, Abrard grande fortune,
La famille Accarias, Luya le grand richard,
Bermond notaire et maire à toute sa commune,
Arnaud, dit coqueprune, et le bon père Bard.

Ensuite Cadoret, la famille Marie,
Richard de Cornillon, la famille Garnier,
Avaient ce bon cachet du genre du grand monde,
Affables, bienveillants, d'une bonté féconde,
Qu'on retrouve dans Mens, non plus à pleines mains,
Mais quelques rejetons laissés par ces humains.

Messieurs de Chaleon, Duperier, grand notaire,
La queue du père Achard et le vieux Durantière,
Forment le complément de tout cet examen,
Des types du vieux temps des habitants de Mens.

P. S.

J'ajoute encor Jamiel, puis Berthon, médecin,
L'un, soignant les chevaux, l'autre, le corps humain,
Les cures du premier ont été souveraines,
Et celles du second resteront éternelles.
Par un âge avancé digne du sentiment,
Qu'en fuyant médecine on peut vivre longtemps.

Monsieur Blanc, le pasteur — Molin, prêtre-archiprêtre,
Portaient la croix d'honneur que Guizot le grand maître,
Avait remise à Blanc, souvenir collégien,
Et de Blanc à Molin, à titre de chrétien.

Cet exemple est frappant, et si je le réfère,
C'est du ministre Blanc que le curé Molin

Obtint la croix d'honneur, d'un bon pasteur son frère,
Quoique bien différents s'embrassaient en chemin.

Que le fait-on toujours — il faut si peu de chose
Pour savoir vivre en paix entre deux religions ;
Allons Mensois d'esprit, faites que je propose,
D'en arriver au point de ces deux novations.

L'on dira plus alors, que mil huit centre trente
Avait plus de grandeur dedans sa bourgeoisie,
Que celle de nos jours, qui de même charpente,
Élève trop la voix pour l'amour de son prix.

« Puissent mes survivants chanter une tendresse,
« Aux bons bourgeois de Mens mil huit cent septante-un,
« Comme moi je le fais à ceux que je caresse,
« De l'an mil huit cent trente et salut à chacun.

J.-P. C.

Au Thau, le 21 Septembre 1871.

L'INTÉRIEUR DU BOURG DE MENS

Projets pour l'aérer

Comme tous les vieux bourgs, Mens a des rues étroites,
Qui manquent d'air, de vie, pleins de fanges, pas droites ;
Pour les aboutissants, des temples et marchés,
Je veux dire par là, qu'on a mauvais pavés.

Ces rues n'ont pas de nom — c'est encore une histoire,
Pour trouver l'habitant de ce bourg tout en long.
Car si l'on veut quelqu'un, il faut que la mémoire,
Dise : Est-il au breuil ? Vers l'église ? Au canton.

Voyez la rue Jamiel, Malvesin, puits Brunet,
Plus haut, Louis Achard — l'ancien four, le barquier,
Montez sur sa fontaine et regardez l'espace,
Qui s'étend de ce lieu jusques dessus la place ;
De l'angle Michalet, Baup-*Teysou*, Jean Drogat,
Mesurez ce parcours et faites de longs pas ;
Pour ouvrir une rue de dix mètres de large,
Qu'on puisse circuler librement toute charge ;
D'allants et de venants de peuples commerçants,
Qui par leur établi feront profits charmants.

Un autre grand projet pour faire son pendant,
Prendrait l'autre fontaine assise en ce moment.
Au milieu de la place ou le temple et la halle,
Pour venir jusqu'au breuil, n'ont qu'un passage sale,

Disparaîtrait soudain par l'élargissement,
D'une ligne directe en écourtant le pan.
De l'angle de Fréjus jusqu'à l'ancienne cure,
Par dix mètres de large, égale de tournure,
A l'autre en long tracée, celle-ci là croisant,
Formeraient les deux sœurs, amours de notre temps.

Le culte protestant — l'église catholique,
Seraient bien desservis par ces deux lignes uniques.
Qui des aires au breuil et du breuil aux clochers,
N'auraient plus à subir les fanges dans l'été.

Les gens y trouveront de l'air et la lumière
Qui manque à ces quartiers, qui dormant dans l'ornière,
Ne sont pas sans danger pour les évènements,
Des choléras morbus, ah ! souvenez-vous en.

« Puissent donc mes idées, aux édiles adressées,
« Leur faire sensation sur mes rues projetées.
« Cette œuvre sera grande aux yeux de la commune,
« Qui sait faire son nom par la bonne fortune,
« D'attirer tout chez elles et le bœuf et l'agneau,
« Faites de grandes rues — doublera le troupeau.

J.-P. C.

Au Thau, le 8 Novembre 1871.

A Monsieur le Juge de Paix du Canton
de Mens (Isère)

Monsieur,

Il doit souvent arriver dans votre ministère de questionner des gens qui vous disent : « Je suis natif de Mens. »

Or si vous leur demandiez qu'elle est l'origine de leur pays, je crois, M. le Juge, que le plus grand nombre vous répondrait qu'il n'en sait rien.

D'abord à ma connaissance, jamais point de famille ayant habité le bourg de Mens soit dans les temps modernes, soit dans les temps anciens, n'ont porté ce nom.

Quant à l'histoire de France — que l'on fouille dans les annales de ses diplomates ou légistes — artisans ou guerriers ; et l'on verra que depuis Pharamond jusqu'à nos jours, aucun citoyen français n'a pas non plus porté ce nom.

On ne le trouve pas non plus dans la partie florale des plantes, la faune des animaux, la table des minéraux ; non rien dans cela ne nous l'indique ? et qui le croirait, c'est pour personnifier l'*esprit* qu'nne déesse a été appelée Mens par le peuple Grec.

L'on trouve en effet dans leur mythologie que Mens y est figurée comme déesse de l'intelligence, et que d'autre part les latins ont pris ce mot pour esprit.

Mens agitat Molen.

Or, si celui qui a fondé le Bourg de Mens (Isère) l'a placé sous l'égide d'un nom qui est l'esprit, il ne pouvait pas faire un meilleur choix pour sa prospérité — et sans m'étendre sur les fruits qu'elle a portés ; je me borne seulement à dire : Que si de nos jours l'on bâtit des églises sous le patronage de saint Pierre où saint Paul et que ces noms leurs restent, qu'un homme riche et fort sensé a bien pu dans l'antiquité fonder dans Trière, un bourg où une ville sous le patronage de la déesse Mens, que l'on invoquait alors comme la dispensatrice de l'esprit, et que c'est bien de là que Mens dans le Dauphiné est certainement venu.

Reste maintenant à savoir si le bourg a été beaucoup plus grand ou moindre dans l'antiquité qui ne l'est de nos jours — c'est ce que je propose aux édiles de la commune de Mens de faire étudier, étant là un motif plein d'intérêt pour les gens de sa localité.

Et, dans l'espoir d'être écouté pour mettre ce projet à exécution,

Veuillez agréer, M. le Juge, le respect de votre très-humble et obéissant serviteur.

J.-P. CARRAJAT.

Au Thau-sur-Mens (Isère), le 10 Mars 1869.

DÉBOISEMENT & LE REBOISEMENT

Du canton de Mens

Dans le canton de Mens autrefois la verdure,
Recouvrait tout le sol des monts et des vallées.
Aujourd'hui ce n'est plus cette belle nature
Qui nous donnait l'ombrage et ses fraîches rosées.

Voyez ce grand bassin qu'on appelle : le Triève,
Garnis de beaux rochers d'antique formation ;
Le soleil qui les chauffe au gré de sa lumière,
Calcine leurs sommets nus de végétation.

La terre des bas fonds — malgré vanne, rivière,
N'arrose pas les champs, partout semés de blés ;
L'ombrage qui les fuit — que remplace la pierre,
N'attire pas du Ciel, l'eau qui gonfle les prés.

Pour avoir plus d'espace on détruit beaucoup d'arbres,
Qui sont les protecteurs des biens de l'univers ;
Si Dieu nous les donna pour en construire d'arches,
C'est pour en profiter sans nous rendre pervers.

Pour un hectare ou deux, l'on déboise la terre,
De ce pays de Mens qu'on dit si séduisant ;
D'un pittoresque attrait s'il en fut un naguère,
A disparu sous l'hache ou la faux d'ignorants.

Qui détruit les noyers, ne lui reste plus gage,
Pour seconder le beurre en maintes occasions ;
L'huile déjà si chère à qui fait bon ménage,
Tout Triève sans noyers, gare les privations.

Mieux vaudrait les planter que détruire leur nombre,
On aurait la fraîcheur qui manque à nos vallons ;
La prairie serait belle au couvert de leur ombre,
Et la fleur des jardins ornerait nos salons.

Depuis nombre d'années notre courte pâture,
Éloigne bien des gens venus d'autres cantons ;
Pour faire des marchés par nombre et par carrure,
Des bœufs de tous pays quadruplés de moutons.

A qui profite donc l'état de sécheresse ?
Qu'on attire sur Mens, en décimant ses bois ;
Elle ruine nos champs, éloigne la richesse,
De l'engrais qu'il nous faut, pour nos blés, pour nos pois.

Pour le rendre fertile, à ses lois, ses demeures ;
Il faut le reboiser du fond jusqu'aux sommets.
Vous y serez contraints, j'en fais mille gageures,
Où vous aurez bientôt que sable pour engrais.

« Agriculteurs de Mens, n'en déplaise à votre âge,
« Agréez les conseils d'un de vos serviteurs.
« Il a vu des pays distincts par ce langage :
« Que s'ils avaient des bois, leurs nids feraient fureur. »

Reboisez donc ces champs qu'on appelle du Triève,
Plantez de grands ormeaux, des chênes, des peupliers,
Plus vous en planterez, plus vous aurez rivière,
Pour tenir en fraîcheur, prairies, jardins, rosiers.

Ils ne seront pas seuls, jouir de l'avantage,
De l'ombre d'un long jour par un soleil brûlant.
La femme qui s'en va faire du marchandage,
Trouvera son chemin plus court et plus galant.

« Lorsque dans ce canton tous les ruraux ensemble,
« Planteront des fruitiers hâtifs de tous côtés,
« Pour reboiser leurs champs sans l'ignorant qui tremble.
« Je dirai tout le Tr'eve est fier de ses étés.

J.-P. C.

Au Thau, le 25 Juin 1869.

Imp. Bellon, r. de Lyon, 23

LA POPULATION DU CANTON DE MENS

EN 1870

La population du canton de Mens qu'on a recueillie dans divers recensements peut se résumer comme suit :

Mens chef-lieu de canton.	2.500 hab.
La commune de St-Sébastien et Cordéac.	1.500
Celle de St-Baudille et Pipet	1.000
Pellafol	800
St-Jean d'Hérans	1,000
Prebois	500
Treminis.	800
Lavars	500
Cornillon en Trièves	400
L'ancienne commune de St-Genis . . .	200
Total. . .	9.200

La commune de Mens, comme chef-lieu de canton, possède une justice de paix, trois notaires, un bureau d'enregistrement, un garde supérieur des eaux et forêts, une brigade de gendarmerie, un bureau de perception pour les contributions directes, une église catholique et un consistoire protestant, quatre grandes écoles religieuses ou laïques, plusieurs pensionnats de filles et garçons, et enfin une population à peu près égale d'autant de catholiques que de protestants, chose qui existe pareillement dans toute les autres communes du canton.

Imp. Bellon.